Franz Blei

Die rechtschaffene Frau

Drama in drei Akten

Franz Blei

Die rechtschaffene Frau
Drama in drei Akten

ISBN/EAN: 9783743460041

Hergestellt in Europa, USA, Kanada, Australien, Japan

Cover: Foto ©Andreas Hilbeck / pixelio.de

Franz Blei

Die rechtschaffene Frau

Personen.

Karl Kebinger, Hausbesitzer und Rentier, 54 Jahre alt.
Marie, seine Frau, 48 Jahre alt.
Georg, ihr Sohn, 20 Jahre alt. Student.
Anna, } ihre Töchter { 16 Jahre alt.
Marie, }   { 24 Jahre alt.
Der Schwager, Mariens Mann.
Kati, früher Dienstmädchen, 21 Jahre alt.

Die Handlung spielt in Wien; Gegenwart.

Erster Akt.

(Speisezimmer in der Wohnung Kebingers. Bequem und wohlhabend eingerichtet, doch ohne Geschmack. In der Hinterwand eine Doppelthüre ins Vorzimmer, rechts eine ebensolche in den Salon, links zwei Fenster auf die Straße. In der Mitte des Raumes ein runder Tisch, um ihn herum „gothische" Stühle, darüber eine Hängelampe. Links von der Thüre im Hintergrund ein Büffet, rechts von der Thür Lederstühle, dann eine Commode mit Nippes, in der Ecke ein weißer Ofen mit einem „betenden Knaben" als Aufsatz, an der rechten Seitenwand neben dem Ofen eine zweite Commode, Pendant zur ersten, mit Vasen, Photographien ꝛc., dann wieder Polsterstühle, die Thüre in den Salon, im Vordergrund rechts ein Ledersopha. An der linken Seitenwand zwischen den Fenstern ein Consol mit hohem Spiegelaufsatz, vor jedem Fenster ein Stuhl, in der Ecke links eine Gypsbüste auf einem Sockel. Ueber dem Ledersopha und den Commoden Oeldrucklandschaften, fast übers ganze Zimmer ein Teppich.) — Nach dem Mittagsmahl; auf dem Tisch noch zwei Gedecke. **Frau Kebinger**, auf dem Sopha, mit Näharbeit beschäftigt, welche sie oft unterbricht. Sie ist groß, stark, mit herrischen, schroffen Zügen; ihr Haar ist leicht ergraut, Gang, Haltung und Bewegung sind bestimmt, energisch, fast männlich; ihre Stimme gewöhnlich laut und befehlend, oft pathetisch. Sie trägt ein einfaches Hauskleid. **Anna** sitzt am Tisch und liest die Zeitung; frisches, gewöhnliches Gesicht; blond.

Nach Aufgang des Vorhanges kleine Pause.

Frau Kebinger. Wie spät ist's denn schon?
Anna. . . . Was? Es wird halb zwei.

Frau Kebinger (nach einer kleinen Pause). Die wissen auch wieder nicht, wann's Zeit zum Essen ist. Man wird's ihnen noch auf die Gasse bringen müssen.

Anna (horcht auf) der Georg ...

Georg (tritt ein; er ist schlank und mager; bleich, blond, mit schwachem Bart um Lippe und Kinn; seine Bewegungen sind salopp, seine Rede ist gewöhnlich ohne Affekt). Guten Tag (er setzt sich müde auf einen Stuhl am Tisch).

Anna (steht bei seinem Eintritt auf, gleichzeitig mit Frau Kebinger:) Na, daß Du schon da bist!

Frau Kebinger (barsch). Du weißt auch nicht, wann wir essen! Wo hast Dich denn wieder herumgetrieben bis jetzt?

Georg. Ich treib' mich nicht herum; — und wann ich nach Haus komme, kann Euch doch egal sein.

Anna (hat während des vorigen das Essen für Georg hereingebracht, setzt es vor ihn hin). Da, es ist schon ganz kalt.

Frau Kebinger. Du hast um zwölf zu Haus zu sein, verstanden!? Wir werden nicht warten, wann's dem gnädigen Herrn gefällig ist.

Georg (immer gleichgültig). Gewartet habt Ihr doch ohnedies nicht.

Anna (wieder über der Zeitung). Sei still und iß!

Georg (gleichzeitig mit dem folgenden der Mutter:) Halt'n Schnabel.

Frau Kebinger. Das muß doch einmal ein Ende nehmen mit Dir! Zu Mittag nicht zur rechten Zeit da, abends kommst Du überhaupt nicht; wie 's drei wird, schnell wieder fort, bis in die späte Nacht hinein, und früh liegt der junge Herr im Bett bis Zehne,

Elfe! … Ja, so geht das nicht weiter, mein lieber Sohn, Du bist ja mehr draußen als bei Deiner Familie! Die Leute zeigen ja schon mit Fingern auf Dich, das ganze Haus spricht ja schon davon, was Du für ein Leben führst, man muß sich ja ordentlich schämen!

Georg. Alle Tag machst Du so für nichts und wieder nichts denselben Skandal, das macht einem doch den Aufenthalt zu Haus auch nicht angenehmer.

Frau Kebinger (ihm laut in die Rede fallend:) Leb' Du wie ein Mensch, und man wird nicht schimpfen, aber wie ein ordentlicher Mensch mußt Du leben! Du lernst nichts, Du thust nichts, Du machst nichts als unserm Herrgott den Tag abstehlen, mit Deinen guten Freunden, die grad solche sind wie Du! Was denkst Du denn eigentlich?! Soll denn das so fortgehen mit Dir?! Wenn Du Dir Dein Brot verdienen kannst, so kannst Du thun und machen was Du willst, jetzt lebst Du aber noch von uns und unserem Geld, verstanden? Aber wenn Du so fortmachst, nicht mehr! Da kannst Du auf der Straße bleiben, bei Deinen Freunden! Du wirst schon sehen, wie leicht man sich das Geld verdient … ah, richtig, Du brauchst ja keins, das willst Du ja abschaffen, Du Weltverbesserer!

Georg (hat „abschaffen" lächelnd mit gesprochen; dann legt er Gabel und Messer weg, nervös:) Ich bitt' Dich, hör' einmal auf! — Was kümmert Ihr Euch denn so um mich, ich thue das um Euch ja auch nicht! … ich möcht' am liebsten fort von Euch, wir kommen doch nicht miteinander aus!

Frau Kebinger (wie selbstverständlich:) So geh' doch, 's halt' Dich ja niemand, kein Mensch! Verdien doch selber, geh nur, geh . . .

Georg. Natürlich! „Geh!" „Verdien!" — Ich kann mir noch nichts verdienen!

Frau Kebinger. Aha! „Eltern, gebt nur's Geld her, damit ich machen kann, was ich will!"

Georg (lächelnd). Natürlich . . .

Frau Kebinger. Und das traust Du Dich Deiner Mutter zu sagen?!

Georg. Aber schau! Ich sag' ja nur, was ist! Wir haben doch gar nichts miteinander gemein . . . Da geht ihr — und da geh ich . . . zusammen? — (leichthin:) Wir haben kein Verhältnis zu einander — ich kann ja dafür nichts . . .

Frau Kebinger. So redest Du! Du willst ein Sohn sein!? Und so behandelst Du Deine Mutter? (pathetisch, dann weinerlich werdend:) Wart nur, es wird schon der Tag kommen, wo Du es bereuen wirst, wo Du an mich denken wirst, wart' nur! wart's nur alle! mit den Fingernägeln werd's es herauskratzen wollen, eure Mutter, . . wenn ich nicht mehr da bin . . . ihr werd's dann schon sehen . . . 's wird eh nimmer lang dauern . . . . werd's schon sehen!

Georg (erhebt sich, geht auf und ab). Natürlich, jetzt kommt wieder das! Ich sag' ja nur, wir müssen uns nicht immer so auf'n Hals sitzen und streiten und . . . und uns das Leben verbittern (er geht auf Anna zu und zieht ihr rasch das Zeitungsblatt weg).

Anna. Na!

Frau Kebinger (hat während der Rede Georgs wieder ihre Arbeit aufgenommen; sie murmelt etwas vor sich hin und nickt mit dem Kopf; dann laut zu Anna:) Hast Du gar nichts anderes zu thun als Zeitungslesen?! Räum' das Geschirr weg und schau, was das Mädel in der Waschküch' macht.

Anna (brummend). Ich geh ja schon!... nix als bedienen... (ab durch die Mittelthür).

Frau Kebinger (nachrufend). Und stell' das Essen warm für den andern Herrn, der wird wohl auch bald kommen... (leiser) der Betrüger!

Georg (steht am Fenster, liest, bei dem letzten Wort der Frau Kebinger blickt er rasch über die Zeitung weg auf sie, die wieder näht; dann harmlos, wie um von etwas anderem zu sprechen:) Ich war heut Vormittag bei der Marie, in ihrer neuen Wohnung.

Frau Kebinger (nach einer kleinen Pause). Was macht s' denn? Ist sie schon eingerichtet?

Georg. 's liegt und steht noch alles herum und mitten drin steht der stattliche Schwager... was hat denn der eigentlich für eine Beschäftigung?

Frau Kebinger. Er will sich immer was suchen, vorläufig lebt er von seinen Renten.

Georg. Das ist ein furchtbar dummer Kerl! Ich glaub, der kann nicht einmal Briefmarken sammeln.

Frau Kebinger. Die Marie soll froh sein, daß sie verheirat' is!

Georg (ironisch). Natürlich. Das ist immer der Schluß. — „Wie viel hat er?" — „Wie viel kriegt sie?"

— Das übrige: Wurſcht! — Uebrigens, wozu ſoll ich mich da echauffieren!?

Frau Kebinger. Was verſtehſt denn Du? Kümmer Dich um Sachen, die Dich angehen!

Georg. Sag einmal, hab ich nicht recht?

Frau Kebinger. Du wirſt die Welt nicht anders machen!

Georg. Fällt mir nicht ein!

Frau Kebinger. A richtig, (ironiſch) Deine Arbeiter!

Georg. Schon möglich. — „Arbeiter!" Du warſt ja auch einmal nichts anderes, und der Vater war ein armer Teufel, wie Du, da habt Ihr Euch wegen dem Geld geheiratet!

Frau Kebinger. Wir waren fleißig und ſparſam und habens darum auch zu was gebracht. Wenn das Deine Arbeiter thäten —

Georg. Alle würden ſie reich werden, koſtet ja nur ein biſſel ſparen. Ihr habt halt Glück gehabt, Sauglück, habt ſpekuliert u. ſ. w., wenn das nicht geweſen wär — heut ſitzet ihr noch beim Schuſterbankel wie vor 25 Jahren! — Daß Euch das net alle Schuſter nachmachen! Übrigens, wozu ſtreiten wir uns da . . . hat ja keinen Sinn (er ſteht auf und geht auf und ab).

Frau Kebinger. Haſt recht! Geh lieber Deinen Vater ſuchen, vielleicht findſt ihn.

Georg. Was ſuchen? (gleichgültig) Ich hab ihn Vormittag bei der Marie getroffen.

Frau Kebinger. War er lang dort?

Georg. Wir sind zusammen weggangen, so um halb elf.

Frau Kebinger (aufmerksam; sie vergißt die Arbeit). Wohin is er denn gangen?

Georg. Was weiß ich! Da hinaus is er g'fahren, nach Dornbach, wegen einem Bauplatz oder einer Villa.

Frau Kebinger. Natürlich! das sagt er ja immer! — Warum bist denn net mitgangen?

Georg (etwas aufgeregt durch die Nervosität der Mutter). Was soll ich denn da mit . . ah!

Frau Kebinger (legt rasch die Arbeit weg und steht auf, leicht:) Der Schurke!

Georg (bleibt vor ihr stehen). Was ist denn? Was hast denn eigentlich?

Frau Kebinger (gleichgültig). Ich? . . . Gar nichts hab ich . . . (hastig) aber holen werd ich ihn gehn!

Georg (unwillig). Sei doch nicht so dumm! Wo willst ihn denn holen gehn!?

Frau Kebinger (nervös lächelnd). O, ich bin gar net dumm! .. Ich werd ihn schon finden. (sie nimmt Hut und Mantel von einem Stuhl und will sich anziehen, woran sie Georg hindert) Ich bin gar net dumm . . .

Georg. Geh, da bleib zu Haus . . er wird doch gleich kommen!

Frau Kebinger (hat Hut und Mantel fallen lassen; sie dreht sich rasch zu Georg hin, Gesicht an Gesicht, leise, lauter werdend:) Weißt, wo er is? Soll ich Dir sagen, wo er is?

Georg. Ich versteh Dich gar nicht . . .

Frau Kebinger. Soll ich Dir's sagen? (leise, mit rauher Stimme:) Ein Frauenzimmer hält sich Dein Vater! (Georg bleibt ruhig und sieht zu Boden.) (Kleine Pause; die Brust der Mutter arbeitet schwer; dann langsam, mühsam:) Da staunst Du halt! . . . Ein schöner Vater, nicht wahr!? (leidenschaftlich, Georg am Arm zerrend:) Hätteſt Du Dir ſo was gedacht, ſag, hätteſt Du ſo was gedacht von Deinem Vater?

Georg (ſchweigt).

Frau Kebinger (rüttelt ihn am Arm, gepreßt:) Sag . . . .!

Georg (ruhig). Woher weißt Du's denn?

Frau Kebinger. Sag'n mir's ja die Leut' auf der Straße; heut' erſt ſagt einer „Frau, geben's auf ihren Mann acht!" Denk Dir ſo was! . . . eine Wohnung hat er der Fuchtel gemiethet, ſpazieren fährt er's zum ‚Heurigen'! . .

Georg. Wer ſind denn die „Leute", die 's ſagen?

Frau Kebinger. Wer ſie ſind? — Lauter anſtändige Menſchen, rechtſchaffene Leute, die es (pathetiſch) nicht mit anſehen können, wie ein Mann ſeine Frau hintergeht! — Stundenlang is er ja bei der Dirne, und wenn man ihn dann fragt, wo er war — „im Caféhaus", „an Bauplatz anſchaun!" Aber wart . . . (ſie geht aufgeregt auf und ab und wirft ſich den Mantel um).

Georg. Ich bitt Dich, werd nur nicht gleich ſo aufgeregt und ſchrei nicht ſo, . . . man wird ja ganz nervös.

Frau Kebinger. Nervös wirſt? . . . Und ich, ich ſoll das alles ſo ruhig hinnehmen und ruhig ſein und nichts reden . . ., damit Du nicht nervös wirſt . . .,

(weinend:) Du haſt viel Mitleid mit Deiner Mutter...
(ſie ſetzt ſich an den Tiſch, wo ſie den Kopf weinend in die Hände ſtützt).

Georg (mit betonenden, ſtarken Armbewegungen). Aber, ich habs ja doch gar nicht ſo gemeint!... Aufregen ſollſt Du Dich nur nicht ſo... das hat doch keinen Sinn! — Wart doch erſt auf Beweiſe, auf Beweiſe! und gieb nichts auf das Gerede der Leute. (Pauſe; dann gleichgültig:) Vor einem Monat hat mir auch einer —

Frau Kebinger (raſch aufſpringend, haſtig). Haſt Du es ſchon g'wußt? Wer, wer hat Dir's g'ſagt? Na, ſiehſt Du! — Wer denn?

Georg (langſam). Jetzt könnt ich Dir irgend etwas vormachen und Du würdeſt —

Frau Kebinger. So red doch, ich bitt Dich, Georg!

Georg. A, es iſt ja nichts;... der hat mirs ja auch nur ſo geſagt...

Frau Kebinger. Was... wer denn?

Georg .... der Sohn von der Dienſtvermittlerin da oben.

Frau Kebinger. Von der Koliſch?

Georg. Ja.

Frau Kebinger. Was hat er?

Georg. Ah! Er hat ja ſelbſt nichts genaues ge-wußt... die Frauenzimmer .. aber es hat ja keinen Wert!

Frau Kebinger. Georg, ſo red doch! (ſie iſt ganz nahe bei Georg.)

Georg (unwillig). Er hat halt g'ſagt, daß der Vater, daß man ſich erzählt — (raſch) der Vater ſoll eine Mätreſſ' haben.

Frau Kebinger. Und was haſt Du ihm geantwort'?

Georg. Was ſoll ich denn?! Es iſt nicht möglich... der Koliſch hat es ja auch nur ſo geſagt, wie man halt red't... die Dienſtmädeln in Bureaux von ſeiner Mutter haben ſich erzählt, die braucht jetzt nimmer arbeiten.

Frau Kebinger. Weil's einen g'funden hat, der ſie aushalt. Und?.. wann war denn das?

Georg (mißlaunig). Ich weiß nicht mehr, ſo vor vier Wochen mir ſcheint...

Frau Kebinger. O, er hat ſie ſchon länger, der Lump!

Georg (ärgerlich). Natürlich, morgen is es ein Jahr! —

Frau Kebinger. Wer hätt' das gedacht! Nach ſechsundzwanzigjähriger Ehe!... Hab' ich das verdient!? (ſie ſinkt weinend auf das Sopha)... Nein, nein, ſo was hab ich nicht verdient...! Gott im Himmel, was hab ich gemacht, daß Du ſo ſchweres über mich ſchickſt! (ſie vergräbt ihr Geſicht in die Hände.)

Georg. Geh, laß den lieben Gott! — Wart doch ab, gieb acht auf ihn, beobacht ihn... es iſt ja gewiß nichts dran an der ganzen Geſchichte... aber ſei nur ruhig und reg Dich nicht ſo auf!..

Frau Kebinger (immer noch in gleicher Haltung). Das hab ich nicht verdient...!

Georg. Aber was denn!?... Es iſt ja noch gar nichts, Du haſt ja noch keinen einzigen Beweis...

Geh, steh auf und sei nicht so .. hat ja keinen Sinn .. geh .. schimpf lieber! ..

Frau Kebinger (springt auf, rasch). Aber ich werd ihm das Mensch vertreiben! Vitriol schütt ich ihr in's Gesicht!

Georg (lächelnd). Wie in der Zeitung .. du fangst es schon gut an ..

Frau Kebinger (zieht sich inzwischen Mantel und Hut an).

Georg. Wo willst denn hin?

Frau Kebinger. Ich muß fort! (Georg stellt sich vor die Thür im Hintergrund).

Georg. Er wird doch gleich da sein!

Frau Kebinger. Ich brauch'n net, aber ein End werd ich machen!

Georg (drängt sie zurück). Mach keine Dummheiten und bleib da.

Frau Kebinger (laut). Laß mich gehn!

Georg (immer ruhig). Nein! Bleib da!

Frau Kebinger (versucht ihn wegzuzerren). Laß mich! Ich will zu der Dienstvermittlerin!

Georg. Natürlich.

Frau Kebinger (stößt Georg von der Thüre weg, reißt sie auf und schnell hinaus, währenddem:) Ich kann doch noch thun, was ich will! (ab; Georg nach.)

Anna (steckt den Kopf durch die Salonthür). Was giebt's denn? (kommt herein) Mama!? (geht zur anderen Thüre, durch welche Georg zurückkommt) Ist die Mama fortgangen? Was is denn g'wesen?

Georg (bleibt erst in Gedanken an der Thür stehen, mit der Hand an der Klinke, dann geht er zum Sopha, hebt die dort liegende

Zeitung zerstreut auf). Ja, einen Besuch machen. (setzt sich und liest)

Anna. Zu wem denn?

Georg. Was weiß ich! (wirft die Zeitung weg, sieht auf die Uhr, dann geht er zum Fenster hin, wieder zurück zum Sopha, auf welches er sich mit einem ‚ah' niederwirft.)

Anna (sieht ihm zweifelnd, an den Fingernägeln kauend zu, dann verweisend:) Warst g'wiß wieder grob mit der Mama!

Georg. Keine Spur . . . Was kaust Du denn da Gutes an den Nägeln?

Anna. Gehts Dich was an? . . Geh mit den dreckigen Stiefeln herunter, fauler Kerl . . leg Dich drüben hin . . immer muß man Dir nachputzen (sie schupst Georgs Beine auf den Boden).

Georg (ärgerlich). Laß mich gehn und fahr ab!

Anna. Grobian! (ab in den Salon.)

Georg. (in Gedanken, Arme auf die Knie gestützt, dann schiebt er die Hände unter den Kopf auf die Sophalehne; er steht mit einem Ruck auf und geht hinaus. — Die Bühne bleibt einen Moment leer.)

Kebinger. (aus der Thür im Hintergrund, nach ihm Anna, das Essen tragend; sein Gang und seine Haltung sind schwerfällig, etwas nach vorn gebeugt; gelbliche Gesichtsfarbe, ergrautes Haar, schwacher Bart; seine Rede ist unbeholfen, asthmatisch, in der Erregtheit abgerissen und von heiserer Lautheit. Er ist bequem und elegant gekleidet. —) Wo wirds jetzt spät sein! Ihr braucht ja auf mich net warten! (Anna servirt; er setzt sich an den Tisch) Was habts denn Gutes?

Anna. Es wird nimmermehr warm sein.

Kebinger (sieht in die Schüsseln). Ich hab eigentlich kein' Hunger mehr . . . (er gießt sich Wein ein, von dem er wenig trinkt) Ist die Mama net z'Haus?

Anna (die beim Fenster steht und hinaussieht). Ich weiß net, sie hat mit 'n Georg was g'habt, dann is sie fortgangen.

Kebinger. So! Hat sie halt wieder amal g'schimpft!? (er steht auf.)

Anna. Ich war net dabei.

Georg (tritt ein).

Kebinger. Was hat's denn schon wieder geben? (er trinkt.)

Georg (zerstreut). Was?.. Was soll denn sein?

Kebinger. Daß die Mama weg is?

Georg (gleichgültig). Mir scheint, sie ist Dich suchen 'gangen.

Kebinger (auf Georg zu). Mich suchen 'gangen!... Was braucht sie mich denn suchen!?

Georg (auf dem Sopha). Was weiß ich.

Kebinger (mehr zu sich). Mich suchen ...!... Des is a net schlecht!...

Georg (zu Anna). Geh, schau, vielleicht ist sie unten beim Hausmeister. (Anna ab.)

Kebinger (geht auf und ab). Da wirds wohl sitzen... immer bei die Leut'!

Georg (nach einer Pause gleichgültig). Mir scheint, die Mama hat wohl Grund Dir... nachzugehn?

Kebinger (bleibt stehen). Was? Mir geht sie nach?... Ah, red net so dumm!

Georg. Mich geht's ja nichts an,... aber.. sie wird schon wissen, warum sie's thut.

Kebinger. Was.. ja was willst Du denn?. Was wollts denn von mir?...

Georg. Was regſt Dich denn ſo auf? — Die Mama weiß mir ſcheint, ſie ſagt . .

Kebinger. Was weiß ſie? . . was kann ſie wiſſen, was?!

Georg (einlenkend). Mach das mit ihr aus, mich kümmerts gar nichts. Wie g'fallts Dir denn bei der Marie?

Frau Kebinger (tritt raſch ein, legt im Sprechen Hut und Mantel ab; ſie ſucht ihre Aufregung hinter gekünſtelter Ruhe zu verbergen; Georg ab, wie die Frau eintritt). Daß Du ſchon da biſt! — Wo warſt denn ſo lang?

Kebinger (mißtrauiſch, barſch). Wo werd ich denn g'weſen ſein!

Frau Kebinger. Na, ich frag ja nur!

Kebinger. Ich kann ſein, wo ich will!

Frau Kebinger (beſchwichtigend). Warum ſchreiſt denn gleich ſo!? ich werd Dich doch noch fragen dürfen . . . haſt ſchon 'geſſen?

Kebinger. Wo ich bin, geht niemand was an, gar niemand . . .!

Frau Kebinger. So ſetz Dich doch nieder! Was laufſt denn herum, wie wenn's d' a böſes G'wiſſen hätt'ſt?!

Kebinger (milder). Na, weil's wahr is . . (Anna kommt herein.)

Anna. Du, Mama, die Frau is da . . ſie war heut ſchon einmal da . . Du warſt aber net z'Haus.

Frau Kebinger. Sie ſoll ſpäter kommen.

Kebinger (zieht zwei Photographien aus der Taſche, zeigt die eine Anna, lächelnd:) G'fallt Dir der?

Anna (kommt hinzu). Was is denn? (sie sieht von der Seite in das Bild) U je! hat der a Nasen! ... will der mich am End gar heiraten?! ... Na, weißt, wann's d' kan schönern für mich weißt (sie reißt ihm das Bild aus der Hand und giebt es Frau Kebinger).

Kebinger. Aber a g'machter Mann is er! (er zeigt Anna das zweite Bild) Und der?

Anna. Da is ja der erste no schöner! ... Ich mag kein, überhaupt net .. ich heirat gar net, da muß schon ein sehr fescher kommen (ab).

Frau Kebinger. Warum haft es denn gar so gnädig,*) das Mädel aus 'm Haus zu bringen? .. die hat doch noch Zeit!

Kebinger (gleichgültig). A Agent hat mirs mitgeben, der eine is a ganz a gute Partie.

Frau Kebinger. Was is er denn?

Kebinger. Er hat a Gut in Steiermark.

Frau Kebinger. So? (sie steht auf und geht schmeichelnd auf Kebinger zu) Geh, sag, wo warst denn heut vormittag?

Kebinger (auffahrend). Fangst schon wieder an?

Frau Kebinger. Na, so geh, sag mirs doch!

Kebinger (ruhig). Ich hab Dir schon g'sagt ...

Frau Kebinger (leise, lächelnd, dann drohend). Du, ich weiß, wo Du warst .. ich weiß ganz gut ..

Kebinger. Was fragst denn dann?! —

Frau Kebinger. Ich werd Dir's dann sagen (sie zieht zwei Eheringe aus dem Portemonnaie). Von dem Fleisch= hacker sein Ring, weißt, der was net hat 'n Zins zahlen können, hab ich die zwei für uns machen

---

*) eilig.

laſſen .. es g'hört ſich doch, daß wir als Eheleut Eh=
ring tragen ... probier a mal ob er paßt.

Kebinger (probiert und ſteckt ihn dann in die Weſtentaſche).

Frau Kebinger. Was ſteckſt ihn denn ein?

Kebinger (lächelnd — boshaft). Muß denn jeder wiſſen,
daß ich verheirat' bin!?..

Frau Kebinger (höhnend). Es ſoll's net a Jede
wiſſen?!

Kebinger. Er is mir auch z' groß ...

Frau Kebinger. Warum ſoll's denn net a Jede
wiſſen? Es wär Dir halt recht, Du wärſt mich los,
net? Jetzt, wo ich mich abgearbeit hab, damit Du
was biſt?!

Kebinger. Du haſt g'arbeit! Nur Du!..

Frau Kebinger. Ja ich, ich!.. Oder Du viel=
leicht? Ich wars, die von Morgen früh bis in die
ſinkende Nacht im Laden g'ſtanden is oder herum=
g'laufen, vom Magiſtrat auf's Bauamt, von da wieder
in's Haus ... ich hab mich herumſchlagen müſſen mit
die Leut und bin die „böſe Frau" g'weſen, Du der
„brave Herr" biſt im Caféhaus g'ſeſſen und haſt alle
Zehne grad ſein laſſen ...! Heut ſäßeſt noch beim
Schuſterbankel, wenn ich net g'weſen wär'!

Kebinger (geht auf und ab). Na natürlich!

Frau Kebinger. Du haſt nur immer 'n Herrn ge=
ſpielt ... und (leiſer) von die Frauenzimmer in der
Mohrengaſſ'n, wie ich Dich amal g'holt hab, ha ...

Kebinger. Hör auf ... mit die alten G'ſchichten!

Frau Kebinger. „Alte G'ſchichten"? ... Aber

net die letzten! (losbrechend) Glaubst, ich weiß net, daß Du jetzt wieder eine hast?!

Kebinger (aufbrausend). Das is a Lug! Wer das sagt...

Frau Kebinger. „is a Lügner!".. Du, soll ich Dir mehr sagen? Willst noch mehr wissen?.. Von Deiner Kati?... Kati heißts' doch, net?... Und a Zimmer hat sie, von Dir, soll ich Dir sagen, wo s' wohnt, han, sag.. (schreiend) Du Betrüger!

Kebinger. Ich laß mi net schimpfen!... Zeig mirs' doch, beweis mir's!

Frau Kebinger (laut). Umbringen thu ichs' das Luder, wann ich s' erwisch!

Kebinger (will fort).

Frau Kebinger. Bleib nur da! bleib nur!..

Kebinger. Das is ja net zum Aushalt'n!

Frau Kebinger. Aber ich soll's aushalten, net wahr?!.... (ruhiger) Karl, fünfundzwanzig Jahr sind wir jetzt verheirat' und da thust Du mir so was an..—! Schau uns nur einmal an, alle zwei sind wir grau 'worden und jetzt machst Du so was!... Schau, wie lang leb'n wir denn noch! Und da so was!..... Das ertrag ich net!... Wann mich unser Herrgott lieb hat

Kebinger. Laß mich doch gehn!

Frau Kebinger. nimmt er mich von der Welt, je früher desto besser und (wild) wann er 's net thut, so thu ich 's! (weinend) So kann ich net leb'n!.... Da hab ich mich geplagt, geschunden und das is jetzt der Lohn... denk an die Kinder, Kebinger,... thu uns die Schand net an (sie drängt sich weinend an ihn).

Kebinger. Hör auf … es is ja nix.

Frau Kebinger. Auf den Knien bitt ich Dich, Karl, nimm Vernunft an … in Ehren sind wir alt worden … laß das Frauenzimmer, sei wieder ordentlich … bist ja nimmer so jung, die will ja doch nur Dein Geld …

Kebinger (unbehaglich). Was hast denn!?

Frau Kebinger. Geh net fort, bleib da, bleib bei Deiner Familie (ihn umklammernd), ich will ja alles vergessen!

Kebinger (stößt sie von sich). Laß mich los, … ich halt's net aus … hör net auf die alten Weiber, die Tratschen! (er will fort, sie hält ihn zurück, läßt sich von ihm bis zur Thüre schleppen, die er aufreißt) Laß los! …

Frau Kebinger. Karl, ich beschwör Dich … So leb ich net weiter … es g'schieht was! …

Kebinger (während er sich von ihr losmacht und hinausgeht). Wenn ich Dir schon sag … es is nix … ich muß fort … ich erstick da … ich halt's … da … net aus. (Er schlägt draußen die Korridorthür zu.)

Frau Kebinger (bleibt eine Weile am Boden liegen; sowie draußen die Thüre zugeschlagen wird, springt sie auf und läuft hinaus, ihm nach).

Georg (tritt ein, aus dem Salon).

Frau Kebinger (rasch herein). Weg is er … der Hund!

Georg. Was war denn?

Frau Kebinger (laut). Das Mensch will er b'halten, los will er mich sein …! aber er wird schon sehn! …

Georg. Was hat er denn g'sagt!

Frau Kebinger. Gebeten hab ich ihn, auf den Knien hab ich den Kerl gebeten!.. „Laß mich!" „ich muß an die Luft!" (sie wirft sich auf einen Stuhl am Tisch, Kopf in den Händen, schluchzend) Georg, wenn Du das nicht anders machst, dann giebts ein Unglück!..

Georg. Was kann ich denn da machen!?

Frau Kebinger (mehr für sich). Dann giebt's ein Unglück.....

Vorhang.

Zweiter Akt.

(Drei Monate später. — Zimmer und Dekoration wie im ersten Akt. — Trüber Nachmittag.)

Frau Kebinger liegt am Sopha, mit der Decke zugedeckt, weißen Polster unterm Kopf, eine Kompresse über der Stirne, sie scheint zu schlafen. — Anna sitzt am Fenster vorn und näht. Nach Aufgang des Vorhangs kleine Pause; dann Georg aus der Thüre hinten.

Anna. Pssst! . . . sie schläft . . . (Georg kommt leise zu Anna vor.) Bleib Du jetzt da . . . und wenn sie aufwacht, sei gut zu ihr . . und tröste sie. (Sie geht leise, seufzend ab. Georg setzt sich auf den Stuhl, will sich eine Cigarette anzünden, was er unterläßt; er nimmt eine Broschüre aus der Brusttasche und liest; von Zeit zu Zeit blickt er auf Frau Kebinger.)

Frau Kebinger (leise). Ihr könnt's schon laut sprechen, ich schlaf nicht . . . wo is er denn? (sie bewegt sich).

Georg. Drüben, er schläft . . . bleib ruhig liegen . . . was willst denn? . . . bleib liegen (er geht auf sie zu).

Frau Kebinger. Der schläft . . .

Georg. Wie gehts Dir denn? . . . Thut Dir der Kopf noch weh? . . . Wart, ich werd Dir einen frischen Umschlag geben (er nimmt ihr die Binde ab, frischt sie in einem Waschbecken und legt sie ihr wieder behutsam über die Stirne) . . . so . . . (er wird verlegen.)

Frau Kebinger (mißtrauisch). Was habts denn nur alle mit mir?... was wollts denn?... (sie setzt sich haftig auf) wollt's mich denn umbringen?!... weg von mir, ich brauch euch net... niemanden!..

Georg. Aber Mama, sei doch nur ruhig... geh, Du bist krank.. Du mußt Dich erholen...

Frau Kebinger (wie im Wahnsinn). Ruhig soll ich halten, damit ihr es leichter habts...!.. aber ich halt net, ich will net... schreien will ich 's, jeder soll's hören... ihr wollt's mein' Tod!! (sie will aufspringen, Georg hält sie am Sopha fest, wo sie sich wieder plötzlich ruhig zusammenkauert).

Georg (beruhigend). Bleib doch, Mama... Du wirst ja wieder gesund werden... Du bist etwas angegriffen...

Frau Kebinger (liegt wieder ruhig auf dem Sopha). Ja... ja... ich bin ja schon ruhig... o, ich möcht ja so gern ganz still sein... dann wärt's es los... die Mutter... die unglückliche Mutter! (sie schluchzt).

Georg (hat sich auf einen Stuhl beim Sopha gesetzt; er fährt ihr mit der Hand über das Haar).. Wein nicht Mama... es wird ja alles wieder gut werden...

Frau Kebinger (in gleicher Stellung). Was hab ich denn verbrochen, daß Gott mich so bestraft!... So etwas!... so was...! (ihr Körper wirft sich unter Schluchzen).

Georg. Sei gut... reg Dich nicht so auf... Du sollst ruhig liegen bleiben, hat der Doktor gesagt... und nicht so weinen und reden...

Frau Kebinger. Sie hätten mich sollen nur hineinspringen lassen... da wär's überstanden...

Georg. Red doch nicht so … schau, sei einmal vernünftig … Was hat denn das für einen Sinn gehabt da unten … Was hätteſt Du damit erreicht!? … Es ſind ja andere auch noch da … denk an die Anna … was ſoll denn aus der werden … und dann, dem Vater, dem wärs vielleicht … grad recht …

Frau Kebinger. Ja, dem wär's recht … Halb is ſie jetzt eh' ſchon da, dann wird es ſie halt ganz in's Haus nehmen … er wart' ja nur drauf, bis ich ſtirb … es geht ihm nur net ſchnell g'nug — und da will er mich umbringen … ſo ſchön langſam … alle Tag a bißl .. (wieder losbrechend). Habe ich das verdient, ſag! habe ich das verdient?

Georg. Das ſagt ja niemand.

Frau Kebinger. Ich war immer ein ehrliches, anſtändiges Weib, mein ganzes Leben lang … vor Gott und der Welt ſteh ich makellos da … Mak.. el .. los ..

Georg. Aber ja! .. reg Dich nur nicht ſo auf!

Frau Kebinger. Ja, richtig! „ſei ruhig Mutter, Du darfſt deinen Kindern ja nicht ſagen, daß du ordentlich geweſen biſt" … ich bin ja ſchon ruhig … ganz ruhig … aber geh nur, gehts nur … alle .. ich brauch euch nicht … gehts zu euerm Vater … wenn ihr kein Erbarmen mehr habts mit eurer armen Mutter.

Georg (ſteht auf und geht nervös auf und ab; er ſucht nach den Worten). Jetzt ſieh, wie Du biſt … wer von uns thut Dir denn unrecht … aber Du mußt doch nicht immer … und immer

Frau Kebinger (laut befehlend). Wenn Du ein Sohn wärst ... hingehen müßtest Du ... und das Luder erschießen! ... das thät ein ordentlicher Sohn, der seine Mutter lieb hat!

Georg (bleibt vor ihr stehen). Das ist doch Unsinn! da sperrt man mich einfach ein! (er setzt sich wieder zu ihr). — Mama, reden wir einmal ruhig und vernünftig über die Sache, nicht so exaltiert und so ... deklamieren. — Also ... na, nehmen wir an, er hat sie noch, glaubst Du, Du kannst sie ihm auf die Weise vertreiben?!

Frau Kebinger. Ich werd' —

Georg. Laß mich ausreden. Auf diese Weise, wenn Du es so machst, ... justament! wird er sagen, Du weißt ja, „ich kann thun, was ich will!" ... Ich denk mir ... Bedürfnis ist das Verhältnis nicht für ihn ... er sieht es halt bei andern, er hat nichts zu thun, gar keine geistigen Interessen, aber Geld ... und daher macht ... er das eben. — Wie ihr noch nichts gehabt habt, war er wohl nicht so, net wahr, jetzt glaubt er, er kann es sich „leisten". — Ich denk also, es ist das Beste ... Du kümmerst Dich nicht um ihn, ... schau, er braucht Dich ja, er ist die Bequemlichkeit gewohnt, und wenn er die nicht mehr so haben wird wie früher ... Du wirst sehen, er kommt wieder, ganz reuig kommt er wieder ..

Frau Kebinger. Ich soll also ruhig bleiben und ihm das Frauenzimmer lassen ... und warten, bis er mich wieder als seine Dienerin braucht!?

Georg. Aber schau, es war doch nie was an-

deres . . ein anderes Verhältnis in eurer Ehe . . .
und scheiden wirst Du Dich doch nicht laſſen!

Frau Kebinger. Ich mich scheiden laſſen? Nach
der Zeit, wo wir verheirat sind!? damit er thun kann,
was er will. Und das sauer erworbene Geld mit dem. .

Georg. Das Geld und immer nur das Geld, das
hör ich von Dir schon die ganze Zeit!

Frau Kebinger. Was ich ehrlich verdient hab, mit
meinen Händen verdient hab, das soll er jetzt durch=
bringen?!

Georg. Man könnt glauben, es thut Dir nur um
das Geld leid!

Frau Kebinger. Das is alles eins! Aber ein
Frauenzimmer braucht er net! Ich bin ein rechtschaf=
fenes Weib und da soll ich das dulden, daß mich mein
Mann so in den Koth herunterzerrt!?

Georg. Siehst Du, ja, . . . Du warst eine recht=
schaffene Frau sagst Du

Frau Kebinger. Bin ich vielleicht eine Betrügerin?!

Georg. Unsinn! Du hast niemanden betrogen, be=
stohlen oder umgebracht. Aber was hat dieſe Recht=
schaffenheit mit Deiner Ehe zu thun? Haſt Du ihn
darum geheiratet?

Frau Kebinger. Ich war immer sein treues Weib.

Georg. Ja, Du warst seine Frau . . . das heißt,
Du hast halt gearbeitet, gespart, geschafft, Dich abge=
rackert, Kinder erzogen . . . aber viel lieb . . werdet
ihr euch wohl nicht gehabt haben . . . .

Frau Kebinger. Wir haben anderes zu thun g'habt
und wenn wir net gearbeitet hätten, so wärst Du heute. . .

Georg. Ja, ich weiß ja .... zum .. Liebhaben ...
hattet ihr keine Zeit. (Pause.) Das ... ist eben das ...
Unglück ... gewesen .... Rechtschaffen warst Du,
eine rechtschaffene Frau ... aber .. an das andere
hast Du halt ... nicht gedacht ... war keine Zeit
dafür .. (Pause.) Und jetzt wär Zeit ... es ist aber ...
zu spät. (erhebt sich und geht auf und ab.)

Frau Kebinger (in Angst). Georg! ...

Georg (bleibt vor ihr stehen). Siehst Du, wenn Du
früher Dir auch dazu Zeit genommen hättest in all
Deiner Müh und Arbeit und Sorge ... dann hätte
er jetzt wenigstens die Erinnerung an die Zeit, viel=
leicht wär er jetzt .. damit zufrieden .. mit der Er=
innerung daran. So ist ihm aber die Vergangenheit
widerwärtig, weil sie für ihn nur in Arbeit und Plage
bestanden und Du ... Du bist für ihn die Personi=
fikation dieser traurigen Vergangenheit.

Frau Kebinger (bittend). Thu Deiner Mutter nicht
so weh, ... hab doch ein biss'l Mitleid mit mir! ...

Georg. Es ist einmal so .. ich glaub, es ist so ..
(er geht auf und ab. Pause.) ... Und wenn Du ihn
auch .. ich weiß nicht ..

Frau Kebinger. Und das soll jetzt der Dank
sein?! ... So lohnt er mir die Mühe, die Sorge,
dafür, daß er — und ihr was zum Leben habt? ...
Ist das recht?! ...

Georg. ... rechtschaffen ...

Frau Kebinger (schreiend). Hätt ich vielleicht auf die
Straß'n geh'n soll'n?!

Georg. Du hast mich nicht verstanden. (Pause.)

Frau Kebinger. Ich hab ihn gebeten, geschmeichelt.
Georg. Ja jetzt!.. jetzt ist's zu spät!
Frau Kebinger. Schöngethan hab ich dem Schurken.
Georg. Aber Du hast es, Du kannst es nicht gut machen ... dazu muß man jung sein, eben wie ... beim Schmeicheln hast Du vor Wuth gekocht und beim Streicheln hast Du ihn gekratzt ... früher hätt das vielleicht gewirkt ... Und wenn Du ihn nächtelang, wenn ihr im Bett liegt, bittest und schmeichelst und höhnst, schimpfst, glaubst Du, das kann er aushalten? — Ich muß es ja fast jede Nacht nebenan hören und — ich halt mir die Ohren zu! —
Frau Kebinger. Aber Georg! Ich hab gethan, als ob ich alles vergessen hätt.
Georg. Ist ja nicht wahr! Bei jeder Gelegenheit machst Du Anspielungen .... glaubst Du, er merkt's nicht?
Frau Kebinger. Du siehst ja ... wie ich ihm gesagt hab, ich laß das Frauenzimmer einsperren, da hat er gebrüllt wie ein Rasender „dem Mädel wirst Du nichts thun!"
Georg (abwehrend; er ist es schon müde). Ich weiß ja! (er geht im Zimmer auf und ab).
Frau Kebinger (mit Steigerung). Und da soll ich ruhig bleiben, da soll ich noch leben können, damit er mich zu Tod martert, der Seelenmörder?!
Georg. Ich bitt Dich, schrei nicht so.
Frau Kebinger. Ja! schreien will ich, laut, daß es jeder hört, ein Seelenmörder ist er! Nicht ... genug, daß er mir die Ehre gestohlen hat, auch das Leben

will er mir noch nehmen, ganz will er mich hin=
machen . . bis ich unter der Erd lieg (ihre Stimme wird
heiser). Umbringen will er mich . . der Hund!! (sie bricht
mit unartikuliertem Schluchzen auf dem Sopha zusammen).

Georg (ihr beistehend). Siehst Du . . . Du ruinierst
Dich ja selbst . . . komm . . . leg Dich . . . wart, ich
bring Dir Wasser (er holt ein Glas Wasser) . . trink . . .
und beruhig Dich doch.

Anna (kommt rasch aus dem Salon und wirft sich vor Frau
Kebinger hin). Was ist denn?! . . Aber Mama! . . geh . .
Mama . . was regst Dich denn so auf . . was hast
denn? (sie sieht Georg an, der das Glas Wasser auf den Tisch stellt).

Georg. Immer dasselbe.

Anna. Mama! fehlt Dir was? . . Sieh mich doch
an . . gieb mir doch eine Antwort . . Mama (sie streichelt
Frau Kebinger).

Frau Kebinger (mit schwacher Stimme). Macht . . . was
ihr . . wollt . . . ich . . halt das nicht mehr länger
aus . . . laßts mich sterben . . .

Anna. Aber Mama! sag doch so was nicht! . . .
Es wird ja wieder alles gut werden . . Du hast ja
uns! . . wir sind ja bei Dir . . . laß 'n Papa . . er
soll machen, was er will . . . Du hast ja uns! . . .

(es klingelt)

Anna (zu Georg, der am Fenster stand). Laß niemand
'rein . . beruhig Dich doch (Georg ab) . . . Mama . .
geh, gieb mir einen Kuß! (sie küßt Frau Kebinger).

(Die Thüre aus dem Vorzimmer geht rasch auf, hereinstürmt
Marie, elegant, in Handschuhen, die sie rasch auszieht, Hut; ihr folgt
langsam ihr Mann, der Schwager, ebenfalls elegant, Handschuhe,
Cylinder, den er auf den Tisch stellt, dann Georg.)

Marie (wirft sich über Frau Kebinger). Mama, meine arme Mama! (küßt sie und weint; Anna sitzt am Fußende des Sophas.)

Frau Kebinger. Ja … Deine arme Mutter …

Der Schwager (tritt näher). Wie geht es Dir denn?

Frau Kebinger. … O gut … gut …

Der Schwager (wendet sich an Georg und spricht in ihn hinein).

Marie (unter Weinen). Wie hast Du uns denn aber auch so was anthun können? … Hast Du denn gar nicht an Deine Kinder gedacht … ?

Der Schwager (tritt wieder näher). Ja, wirklich, Mama!

Frau Kebinger. So kann ich nicht weiter leben!

Marie. Aber, wir leiden doch mit Dir! … Glaubst Du denn, uns geht das weniger nah?! …

Frau Kebinger. Was wißt's denn Ihr! —

Marie. Komm zu uns, Mama, auf einige Zeit, laß ihn gehn, … wir reisen wohin …

Frau Kebinger. Ich bleib wo mein Mann is … bin ich solang bei ihm, werd ich's auch jetzt noch … ich mach net Platz … ich net!

Georg. Das wär wirklich gut .. Du gehst auf ein paar Wochen zur Marie und kümmerst Dich um die ganze G'schicht nicht!

Frau Kebinger. Ich bleib da! … Und wenn ich dran zu grund geh — ich bleib … . oder ich geh … ganz fort (weinerlich) weit … und da komm ich auch nimmer …

Marie (Frau Kebinger umarmend und küssend). Red doch nicht so Mama! .. So kann ich Dich nicht hören ..

wegen fo was mußt Du doch nicht gleich fo reden...
er wird das Weibsbild schon lassen, wenn er sieht, daß
wir auf Deiner Seite stehen, und er niemanden hat...
gar net anschaun thät ich ihn an Deiner Stell...
da wird alles wieder gut werden... nur wein nicht
Mama... und schlag Dir solche Gedanken aus 'm
Kopf...

Der Schwager (der die ganze Zeit über nichts mit sich an-
zufangen wußte). Natürlich!... Aber, ich muß, Du entschuldigst schon Mama, aber ich hab einen wichtigen
Gang... er wird schon wieder vernünftig werden
(er nimmt den Cylinder vom Tisch) Adieu Marie! . (er küßt sie)
Leb wohl Mama! (lächelnd zu Anna) Auf Wieder-
sehen (ab).

Frau Kebinger (währenddem). Laß Dich nicht stören..
.. (Verlegenheitspause).

Marie (aufstehend, zu Anna). Wo is er denn, der
Papa?

Anna. Drüben liegt er.

Marie. Wir gehen hinüber... es wird ja alles
wieder gut.. zu Weihnachten sind wir alle wieder
froh beisammen

Frau Kebinger. Ja ja...

Marie. und alles ist vorbei. (zu Anna) Komm!
(beide gehen durch den Salon ab. Frau Kebinger sitzt auf dem Sopha
und blickt zu Georg, der am unteren Fenster steht).

Frau Kebinger (im Aufstehen und indem sie langsam zum
vordern Fenster geht). Warum gehst denn net mit?

Georg (dreht sich um). Die werden's schon ohne mich
auch fertig bringen (er sieht auf die Straße).

Frau Kebinger. Geh doch auch nüber!

Georg. Ah! (Pause.)

Frau Kebinger (am Fenster vorn). Georg,.. geh.. bring mir ein Glas Wasser. (Während Georg das Verlangte beim Ofen holen geht, öffnet sie rasch das Fenster und will sich auf die Straße stürzen. Georg läßt das Glas fallen, springt schnell hinzu und reißt sie herein.)

Georg (schreiend, aber mit unterdrückter Lautheit). Was machst denn da!?

Frau Kebinger (mit ihm ringend). Laß mich...!... ein End will ich machen!... Laß los!...

Georg (in Wuth). Was soll denn das!? (er schleppt und zerrt sie auf das Sopha; sie wehrt sich nicht mehr; starr mit halbgeschlossenen Augen und offenem Mund lehnt sie halb am Boden, halb am Sopha.)

Georg (verzweifelt). Aber...!... Was soll denn das heißen!?...

(Aus dem Salon hört man die Stimmen der beiden Schwestern und die Kebingers: „Komm,... versöhn Dich mit der Mama... hab Mitleid... sei vernünftig..." Dazwischen: „Was wollt's denn von mir?!... Laßt 's mich doch los... is ja a Dummheit..." Die drei treten ein; Kebinger von den beiden Schwestern geführt und geschoben.)

Marie (auf Frau Kebinger zu). Siehst Du Mama, der Papa hat versprochen.. es wird alles wieder gut.. net wahr Papa? (er will sich von Anna losmachen; er ist unbeholfen und lächelt manchmal verlegen-plump; die Schwestern reden bestimmt und zuversichtlich, wie nach Thränen und einem überstandenen Unglück.)

Anna. Komm!.. Gieb der Mama einen Kuß.. komm!

Marie (hat die Mutter aufgerichtet; die Schwestern drängen die beiden zusammen, ganz nahe, so daß sie sich berühren; die apathische Frau sinkt dem Mann an die Brust).

Marie. Sei lieb zur Mama.

Kebinger. ... Na ...! .. (er umarmt seine Frau plump und küßt sie irgendwohin, kurz und gleichgültig).

Anna und Marie (unter Lächeln und Thränen). Na also! Jetzt lebts wieder in Frieden

Marie. und mach uns nimmer solchen Kummer.

(Georg hat die ganze Scene nicht gesehen; er hat das Fenster geschlossen, das Glas aufgehoben, dann geht er leise rückwärts hinaus.)

Vorhang fällt schnell.

Dritter Akt.

(Drei Monate später.)

Zimmer wie in den vorigen Akten. Abend. Die Hängelampe über dem Tisch ist angezündet. Am Tisch Kebinger und seine Frau, Domino spielend, und Georg.

Kebinger (hinter Lustigkeit Langeweile verbergend). „Sechse=blaß" — die hab ich — (er setzt an) „Achte=blaß!" —

Frau Kebinger (spielt ohne Interesse, ihre Gedanken sind anderswo) (sie setzt an). „Viere=Achte".

Kebinger. „Viere" ... „Viere" ... die hab ich nicht.

Frau Kebinger (will ansetzen). Na, da hast halt „Achte=eins"!

Kebinger. A, das giebts net ... da muß ich kaufen .. (er „kauft"; sie spielen weiter).

Georg. Wie man nur so was blödes spielen kann!

Frau Kebinger (leise murmelnd). Kann er denn was anderes!?

Georg (im Abgehen). Sei doch still!

Kebinger. Na, setz an, setz an!

Frau Kebinger (setzt).

Kebinger. „Fünfe=Blaß"! net „siebene"!

Frau Kebinger. A so!

(Sie spielen).

Georg (kommt mit einer kleinen Studierlampe). Da ist schon wieder kein Petroleum drin!

Frau Kebinger. Wenn ich mich net kümmer, g'schieht halt nix.

Kebinger. Was hast denn Du? Du bist ja heut gar z'haus!

Georg (gleichgültig). Ich habe was zu thun.

Frau Kebinger. Das wird auch was sein! G'wiß wieder an Vortrag!

Kebinger (lächelnd, höhnisch). Der mit seine Arbeiter!

Georg (grob). Soll ich mir die Lampe selber füllen?!

Frau Kebinger. Bist vielleicht zu gut dazu? — Sag's dem Mädel!

Georg. Die is net da!

Frau Kebinger. So geh zur Anna!

Kebinger. Spiel weiter, Alte!

Georg (im Abgehen). Is das eine Wirtschaft!

Frau Kebinger (lauernd). Bin ich denn schon gar so alt, daß Du „Alte" zu mir sagst?

Kebinger (im Weiterspielen). Na... soll ich vielleicht „Junge" sagen?!... Wenn man amal so alt is wie Du mit so graue Haar... alt's Eisen!..

Frau Kebinger. Mußt Dir halt a jüngere suchen, net wahr... hast ja so a junge, net wahr... so a feine... mit blonde Haar... die is halt schöner wie ich, net... oder hast es net? (sie beugt sich ganz nahe zu Kebinger und sieht ihm von unten hinauf ins Gesicht).

Kebinger (spielt mit den Steinen und lehnt sich im Stuhl zurück).

Frau Kebinger. Warum redst denn nix?... So red doch.

Kebinger. Was willst denn?

Frau Kebinger. Sie is doch jung, net?

Kebinger. Von wem redst denn?

Frau Kebinger. Du weißt schon nimmer, welche 's is?

Kebinger (scherzend). A häßliche werd ich mir net nehmen.

Frau Kebinger. Du denkst, die hast eh' zu Haus (murmelnd:) Du Gauner (wieder zu ihm:) Da haltst Dir halt noch a andre... wo warst denn gestern nachmittag?

Kebinger (verdrießlich). Wo werd ich denn g'wesen sein!... im Caféhaus?

Frau Kebinger. Und nachher... nach'm Caféhaus?

Kebinger. Jetzt werd ich mir immer merken, wo ich g'wesen bin!

Frau Kebinger. Soll ich Dir sagen, wo Du warst?... soll ich Dir's sagen?... Beim Mensch warst wieder!

Kebinger (unwillig, aber immer noch ruhig). Fangst schon wieder an?... Die paar Täg war schon z'lang Ruh im Haus!

Frau Kebinger. O.. Du möchtest halt gern, daß ma Dir nur immer schön Ruh laßt.. damit Du thun kannst, was Du willst!

Kebinger. Ich kann auch thun was ich will... ich bin mein eigner Herr.. niemand kann mir's ver=

bieten (er steht auf und geht im Zimmer auf und ab; seine Erregung wächst).

Frau Kebinger (mit noch unterdrückter Wut). Aber zum Mensch darfst net.

Georg (kommt herein). Was habts denn schon wieder?

Frau Kebinger (zu Georg). Frag ihn amal, wo er gestern war?

Georg. Hör doch einmal auf! Soll denn das immer so fort gehen?!

Frau Kebinger. Sag ihm's doch, wenn Du ein Sohn bist!... Sag ihm "Vater! Du warst beim Frauenzimmer".

Kebinger. "'s Mensch"! "'s Mensch"! — Könnt'st Dich wirklich schämen!

Frau Kebinger. Ich brauch mich net zu schämen, ich bin, Gott sei Dank, eine rechtschaffene Frau!

Georg (schüttelt die Dominosteine durcheinander). Da... spielts euer Domino (leise zu Frau Kebinger). Hör doch auf! Er läuft ja sonst wieder weg!

Frau Kebinger. Soll er 's Mensch lassen, dann wird Ruh sein! Eher net!

Georg. A, das ist ja nicht zum Aushalten! (ab in den Salon).

Kebinger (der auf und abgeht; wenn er spricht, bleibt er in Entfernung von Frau Kebinger stehen). Wo hab ich 's denn? Wer hat mich denn g'sehn?.. Wer?..

Frau Kebinger (steht auf und drängt Kebinger auf einen Stuhl).

Kebinger (während dem). Laß mich.. da könnt man ja zu Grund gehn!

Frau Kebinger. Ja... man kann dabei zu Grund

gehn! (Kebinger drängt sie von sich). Ich laß Dich schon...
ich mach Dir nix.. ich werd mich gar net raufen,
brauchst keine Angst haben!.. (leise, boshaft). Aber beim
Mensch warst doch!

Kebinger (springt auf). In Ruh laß mich, sonst...!

Frau Kebinger. „Sonst!", was „Sonst!"?...
sonst erschlagst mich?! — „Sonst!" (sie lacht boshaft).

Kebinger. Ich sag Dir nur, mei Ruh will ich
hab'n! — Ich hab niemanden, ich brauch niemanden!
Kein Menschen brauch ich!

Frau Kebinger. Außer das Luder! — und 's Geld,
net wahr? Das brauchst!?

Kebinger. Ich will jetzt nix mehr wissen... Du
hast Dein Geld und ich hab mein Teil. So.

Frau Kebinger. Damit hab ich aber noch net gnug!
(pathetisch) ich will Frieden haben und einen Mann, der
sich nicht Frauenzimmer aushält und sein ehrliches,
rechtschaffenes Weib beschimpft, wie Du es thust..
Ja Du! — Das will ich,... nicht nur 's Geld! —
Und ich werd's erreichen.. ich werd Dir das Mensch
vertreiben und wenn ich's umbringen muß!.. Solln's
mich dann einsperren!.. Das is mir alles eins...
aber meine Ehre hab ich gerettet!

Kebinger. Wenn Du so rechtschaffen wärst, lang
schon hätt'st von mir gehen müssen, wenn ich so bin,
wie Du mich hinstellst!

Frau Kebinger. Ich hab ein Recht auf Dich! Auf
Dich!! — Und wenn Du mich verabscheust, ich werd
Dich zwingen.. Du mußt mit mir leben! mit mir!..
Das soll meine Rache sein! (mit starker Betonung). Und wenn

Du zu Grund gehst! — .. Du haſt's nicht anders verdient (ſchreiend) Du Mörder! ... Du Seelenmörder (ſie ſtürzt ſich auf Kebinger und würgt ihn).

Georg und Anna (raſch aus dem Salon).

Kebinger. Hilfe! ... zu Hilf! ..

Anna. Um Gottes Willen! ... Mama! (ſie drängt ſich zwiſchen die beiden Alten, hängt ſich an den Arm der Frau Kebinger). Aber .. Mama .. ich bitt Dich .. es iſt ja ſchrecklich! ..

Georg (reißt Kebinger aus den Armen ſeiner Frau). Was giebt's denn ſchon wieder?

Kebinger (um Athem ringend). . . Sie .. is ja ... verrückt! ... Umbringen ... will 's mich!

Frau Kebinger (will auf ihn los). Ja! Umbringen thu ich Dich! Du Hurenkerl!

Georg. Sei doch ſtill!

Kebinger. Du ... biſt über a Hur!

Frau Kebinger (ſchreiend). Was ſagſt Du? ... Was? (ſie reißt ſich los, Kebinger befreit ſich von Georg, läuft in den Salon).

Georg (laut). Das darfſt Du nicht ſagen (er hält Frau Kebinger).

Frau Kebinger. Laß los! ... Er lauft wieder weg!

Georg. Laß ihn laufen! Du willſt es ja ſo!

Anna. Mama, bleib da (weinend) ich bitt Dich ... Mama!

Frau Kebinger (macht ſich los). So laß mich doch gehn! (ſie läuft in den Salon, wo man ſie mit ruhiger Stimme rufen hört:) Karl! (nach einer Weile wieder:) Karl! (Anna ihr nach).

Georg (mehr zu ſich). Ja, der wird auf Dich warten!

(Er geht langsam zur Thür ins Vorzimmer, wo er mit Frau Kebinger und Anna zusammentrifft, die rasch hintereinander hereinkommen.)

Frau Kebinger (mit Hut und Tuch). Weg ist er! . . . aber wart (sie läuft hinaus, man hört die Thür auf dem Corridor zuschlagen).

Georg und Anna (gleichzeitig mit der vorigen). Was soll denn das . . . Mama, bleib doch da (Anna folgt Frau Kebinger; Georg bleibt bei der Thüre stehen).

Anna (kommt rasch zurück, bringt Georg den Hut). Schnell, geh mit der Mama! Es g'schieht sonst noch was! . .

Georg. A was! sie sollen machen was sie wollen!

Anna (weinend). Geh, red doch nicht so! . . Ich bitt dich, geh!

Georg. Ich hab die Geschichte satt.

Anna (giebt ihm den Hut und einen Schirm). So geh doch — es regnet.

Georg (nimmt automatisch die Sachen, Anna drängt ihn zur Thür hinaus). Komm mit!

Anna (erst zögernd) . . . . Ja . . . gleich! (sie löscht die Lampe aus). (Beide ab, rasch.)

Zwischenakt.

(Zimmer der Kati. Ein kleiner Raum mit einem Fenster rechts, in der Hinterwand Thüre ins Vorzimmer. Vor dem Fenster ein Toilettetisch, neben diesem im Vordergrund eine Chaise-longue. An der Hinterwand ein Schrank, eine Kommode, dann die Thüre, neben dieser ein Ofen. Waschtisch, halb in einem Alkov ein aufgedecktes Bett; über diesem die Oeldrucke „Christus" und „Maria". An der linken Seitenwand Tische, einige Stühle. Auf dem Tische die Reste des Nachtmahls, ein Glas Wein, 2c., eine brennende kleine Lampe. Kati, kurz, gedrungen, ordinäres Gesicht, schwarzes üppiges Haar, gemeine Art der

Rede und Geberde. Sie sitzt im Unterrock und Mieder am Tische, ein Tuch um die blosen Arme geschlagen. Kebinger geht in Aufregung auf und ab.)

Kati (im ordinärsten Wiener Dialekt.) Ja, was geht denn das mi an, wann du zu mir kummst?!... I halt di net, das weißt... und wann sie von mir was will, da kummt s'.. an die Rechte!... I werd ihr scho 'n Herrn zeign!... Sie soll nur mi in Ruah laff'n!

Kebinger. Gar nix, nix darf dir g'schegn!

Kati. Brauchst ja nimmer kummen!.. Viel hab i eh' net von dir!.. Und daß i mir da no die narrische Alte auf 'n Hals hetz....

Kebinger. Aber geh! red do net so!... (er will sie umarmen.)

Kati (unwillig abwehrend). Weil's wahr is!... (Pause.)

Kebinger. I bin der Herr im Haus!... Und i kann thun, was i will!... was i will!... das geht niemand'n was an, niemand'n!

Kati. Was sagst denn dös mir...?.. da mitten in der Nacht... sags amal Deiner Alten.. aber ordentlich! Net nur a so... (Pause; Kebinger auf und ab. Kati trinkt.)

Kati. Was gehst denn immer wieder zu ihr?.. Laß s' do lauf'n!... sie soll sich an suchen!... sie wird scho dasig wer'n!

(Pause; dann unwillig:)

Die ganze G'schicht is mir scho zwider!

Kebinger (plump schäckernd, er will ihr das Tuch wegnehmen, das sie um die Brust trägt.) Geh' .. Kati ... red do net a so .. schau!

Kati. Hör auf! — I bin gar net aufg'legt zu so was! — — — was willst denn heut machen?

Kebinger. .... B'haltst mi halt ... bei dir ...

Kati (springt auf). Was? ... dös war no schöner (sie setzt sich wieder).

Kebinger (bittend). Aber ja ....

Kati. I mag heut net!

Kebinger. Ja .... warum denn net?

Kati (ärgerlich). Weil i halt net mag! (sie springt auf, geht hin und her, dann, auf den Tisch weisend) Da! dös is mei Nachtmahl ... a Wurst ... und a viertel Wein.

Kebinger (verlegen). I hab Dir ja erst gestern 'n Zins zahlt ...

Kati. Vom Zins kann i net leb'n!

Kebinger. Und an Zehner ..

Kati. Der dauert a net ewig! ... Willst mir jetzt 'leicht gar no vorrechnen?!

Kebinger. Na, i man ja nur ... da (er giebt ihr eine Note, die Kati in eine Kommodelade steckt). Aber ... spar a bißl ...

Kati. Das thue i eh! — da sigst ja (sie weißt auf das Nachtmahl). Geh, Alter, auf a paar Flörln kummt Dir's ja net an! (sie nähert sich ihm mit plumper Koketterie.)

Kebinger (wohlig). Die san mir ja net ang'waxen ...

Kati. Gel ja! (sie küßt ihn).

Kebinger. He ... he ...

Kati (streichelt und traut ihn). Du ... mei Alter ... (laut kreischend) Uj! die Alte!

Kebinger (erschrickt stark). W...w...wa...

Kati (laut lachend). Jessas! Hast Du aber an Angst vor derer! Geh, scham di!

Kebinger. Na ja.. aber an so zu erschrecken.. du kennst es ja net.

Kati (lachend). I dank a für die werte Bekannt=schaft!

Kebinger. Gel ja.. Kati... i bleib da... heut.

Kati. Wenn's d' schön brav bist (sie läßt absichtlich ihr Tuch fallen, so daß Arme und Brust entblößt sind) Jessas (sie hebt es auf und nimmt es wieder um; kokett:) Weißt.. i schäm mi so.... geh, möchst net an Wein holn lassen? i hab d'r so an Durscht... nach dem Schrocken...

Kebinger (Geld gebend). Na ja... natürlich.. da...

Kati (gähnt und nimmt das Geld; sie geht zur Thür, Kebinger setzt sich und will sich die Stiefel ausziehn).

Frau Kebinger (noch draußen, laut schreiend). Weg!! — Ich will hinein! Da drinnen ist mein Mann!! (Kati flüchtet mit einem Schrei zum Bett, Kebinger ihr nach, da bricht die Thüre auf, und Frau Kebinger stürzt sich mit hochgeschwungenem Schirm auf Kati.)

Frau Kebinger. Hab ich Dich, Du Kanaille! Jetzt bist hin!!

Kebinger (tritt dazwischen, es trifft ihn der Hieb mit dem Schirm schwer auf die Schulter, Kati zur Thür hinaus). Nix wirst ihr thun!

Frau Kebinger. Du Hund! Du beschützt Deine Dirne (auf ihn los, würgt ihn). Werd hin, Du Mörder! (Kebinger brüllt vor Angst.)

Georg (rasch herein, er reißt Frau Kebinger weg und schleppt sie auf die Chaise-longue. Frau Kebinger will sich von ihm losmachen, sie schlägt und beißt ihn.)

Frau Kebinger. Laß mich! .. Umbringen will ich ihn … den Mörder .. den Hurenkerl!

Kebinger (beim Bett). Du .. Du bist über a Hur! In der Nacht … im Bett … kommst net, ha? .. und zwingst .. mich … daß ich .. Dir dein Willen thu?! … Thut das auch .. a .. rechtschaffene .. Frau .. Ha?! … Du bist a Hur! du!!

Frau Kebinger (bäumt sich auf und bricht mit einem Aufschrei ohnmächtig an der Chaise-longue zusammen).

Georg (hat bis jetzt Frau Kebinger gehalten und stumpf vor sich hingesehen. — Er packt die Besinnungslose und trägt und schleppt sie zur Thür hinaus; im Abgehen zu Kebinger, kurz und scharf:) Bleib noch da! … hab noch was zu reden (draußen dreht er den Schlüssel um).

Kebinger (ihm nach). — (er setzt sich erschöpft) (Kleine Pause.)

Kati (von draußen, will die Thüre öffnen). Hast Du gsperrt? .. Geh .. sie sind nimmer da … ich brauch di net .. hörst? … mach auf! Jessas!! (man hört sie davon laufen; die Thüre wird aufgesperrt, herein Georg, gebückt, verlegen; er vermeidet es, Kebinger anzusehn, der auf einen Stuhl, den Kopf auf die Hände gestützt, vor sich hin sieht).

Kebinger. Was willst denn da? .. Geh fort!

Georg (sucht nach den Worten). Gleich … Du entschuldigst schon .. aber … die Mama fahrt nach Haus … mit der Anna, (mit Ironie, die Kebinger nicht versteht) die ganze Familie hat Dich in Deiner Häuslichkeit besucht … (manchmal spricht er wie zu sich selbst, er kämpft

und ringt mit den Worten, gegen den Schluß zu immer sicherer.)
Wir wollen ganz ruhig reden.

Kebinger (will zur Thür). Ich hab mit Dir nix zu reden! Ich brauch Dich net.

Georg (vor der Thüre stehend). Bleib . . einen Moment . . Ich will Dir gar nichts vorwerfen . . . gar nichts . . . das geht mich nichts an, . . was ihr habt's . . .

Kebinger (setzt sich).

Georg. Aber ich halt's nicht aus, ich! . . Ihr werdet so weiter leben . . da ist nichts zu machen, als . . . Aber ich muß fort . . ich halts nicht aus unter solchen Verhältnissen . . irgend wohin, nach Paris, in die Schweiz, nur fort! . . . Alle Tage immer dasselbe . . . ich bin doch zu was andern da, als bei euch . . . zu schauen, daß ihr euch nicht . . .

Kebinger. Es halt Dich niemand.

Georg. Ja . . . das weiß ich . . ich bitte auch nicht um Erlaubnis . . aber . . weißt Du, Du kommst wohl so bald nicht wieder nach Haus und darum sag ich Dir es gleich jetzt. Ich geh fort und ersuche Dich, für mich zu sorgen. Monatlich schickst Du mir halt mein Geld. So . . also leb wohl . . na, gieb mir nur die Hand, mir kommt's nicht drauf an. (Kebinger bleibt bewegungslos sitzen). . . na, adieu . . (er geht zur Thür, öffnet, dreht sich noch einmal um, leise:) und . . . . . . machs nicht zu arg . . . mit der Mutter . . . . . (ab).

(Vorhang fällt rasch.)

Ende.